彭子商 著

秋风集

陕西新华出版
太白文艺出版社·西安

图书在版编目（CIP）数据

秋风集 / 彭子商著. -- 西安：太白文艺出版社，
2024.5
  ISBN 978-7-5513-2606 3

  Ⅰ. ①秋… Ⅱ. ①彭… Ⅲ. ①诗词－作品集－中国－
当代 Ⅳ. ①I227

  中国国家版本馆CIP数据核字(2024)第086623号

秋风集
QIUFENG JI

作　　者　彭子商
责任编辑　付　惠　刘　琪
装帧设计　花　涧
出版发行　太白文艺出版社
经　　销　新华书店
印　　刷　陕西博文印务有限责任公司
开　　本　889mm×1194mm　1/24
字　　数　35千字
印　　张　6
版　　次　2024年5月第1版
印　　次　2024年5月第1次印刷
书　　号　ISBN 978-7-5513-2606-3
定　　价　58.00元

作者简介：

彭子商，重庆医科大学 77 级医学系毕业，西南财经大学在职研究生。20 世纪 80 年代参加对外经贸、经援，在非洲、东南亚多国工作；20 世纪 90 年代初转入金融行业，先后在中国银行、中国投资银行、中国光大银行任职。2010 年退休后致力于中国古典诗词的学习与研究，创作的诗词主要反映当代的社会生活。

前言

　　作者出身于知识分子家庭，其父是我国老一代知识分子，曾任著名的教会医院重庆宽仁医院院长。同千千万万与新中国一起成长的青年一样，作者经历了半个多世纪的风雨沧桑，小学加入少先队，中学加入共青团，大学加入共产党，在广阔的农村天地接受过贫下中农再教育。1977 年恢复高考，全国考生 570 万，录取率仅有 4.8%，作者经过努力终于考入重庆医科大学 77 级医学系，圆了大学梦。1986 年，作者加入了中国对外经贸大军，到埃及、马来西亚工作，成为改革开放后最早一批跨出国门的人之一。1993 年作者重新回到银行，先后在中国银行、中国投资银行、中国光大银行任职，成为一名金融工作者。2010 年退休后，作者又亲身经历了中国民营金融的崛起、发展和衰落。应该说作者的人生阅历是丰富的，带有很深的时代烙印，这对他的诗作有很大的影响。

人的一生分为三个阶段：学生时代，职场年代，退休生活。2022 年全国 60 岁以上的老年人已有 2.6 亿，老龄化已经成为一个新的时代特征。对一个退休老人而言，养生、医疗、儿女、生死都是要面对的问题。这本小诗集，作者依托自身几十年风雨经历沉淀下来的人生体验，抒发了对人生的认知和感悟。

唐诗与宋词，是中华文明两颗璀璨的明珠，几百年熠熠闪光。人终究是社会的人，是时代的产物。我们今天不可能再去发古人的幽思，古人也不可能有我们现代人的喜怒哀乐。如何运用古典诗词这个艺术形式去反映我们当今的社会、生活和情感，作者在这方面作了有益的尝试。应该说，这个创新和尝试是成功的。

《秋风集》收录的61首诗词，表达了作者对往事的怀念、对社会的认识、对生活的期望、对人生的感悟，读来犹如身临其境。

　　古典诗词一个显著特点就是诗词作品常常带有作者强烈的个人色彩，在这本诗集中，古典诗词展现出了新的时代魅力。这本小诗集不是鸿篇大论，而是小桥流水，作者由心而生抒发的是一种豁达开朗、积极向上的人生态度和情怀：不乱于心，不困于情，不惧未来，不念过往，如此，安好。

　　愿他的这61首小诗能给我们的退休生活带来一股清新的气息。

陈犀禾　于上海

2024.3

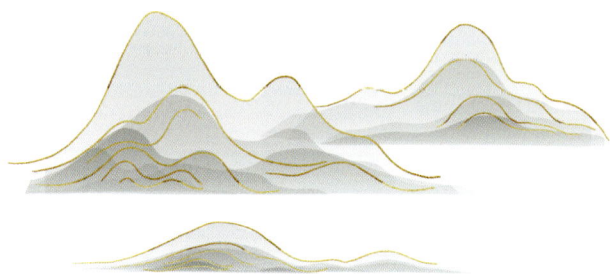

目　录

人生一百年，

日月几西东。

秋风天际起，

萧萧枫叶红。

　　　　——《秋风集》题词

秋风集

退休

迎面桃花三月九，
芳草湖畔垂新柳。
豪情壮志化春风，
绿水青山访旧友。
笑语欢声满农舍，
功过是非不回首。
又是夕阳西斜时，
几碟小菜，
一杯老酒。

2010 年 3 月

援外

国门一出再难闲，
领带西服一并全。
新航小姐赛天仙，
匆匆低头遮羞颜。
数尽星星挣埃镑，
一封书信泪涟涟。
金字塔尖落日辉，
巴渝山水盼团圆。

2016 年 埃及援外 30 周年

红梅

连日阴雨聚雾霭，

天冻南国辞旧年。

不见娇花映碧草，

唯有红梅凌春寒。

朔风正值猖獗时，

春意不觉悄声还。

任凭霜雪再度起，

一树梅花笑依然。

2018 年 1 月

奉节行

蜀道难于上青天，

大江东去不回还。

笛鸣幽谷传万里，

舟行半川过千帆。

奉节脐橙黄灿灿，

白帝托孤恨绵绵。

千人半山广场舞，

再无武陵桃花源。

2018 年 4 月

竹

春雨原意催新绿，
不防墙角乱竹生。
横飞黄叶无间断，
封杀百花顽根深。
孤松恨不高千尺，
恶竹应须斩万根。
磨得一把锋刃剪，
满目青葱满园春。

2011 年 3 月

天湖美镇

不慕豪庄起高厦，
闹市深处有小家。
盈盈春花向阳开，
萧萧秋叶随风下。
纵有千里青云志，
落叶归根人归家。
躲进陋室观明月，
不问春秋与冬夏。

2010 年 9 月

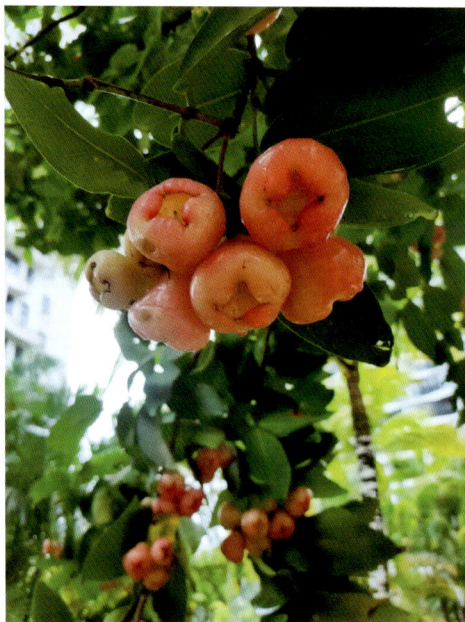

海南

脱却厚装换轻装，
避寒候鸟向南翔。
水天一色征船远，
遍山成林结槟榔。
繁星满天闻涛声，
椰林深处看夕阳。
驱车环岛风光游，
三亚文昌新海棠。

2017 年 12 月

七十有感

秋雨打叶声声连，

一杯清酒忆流年。

七十一觉人生梦，

几多风雨几多缘。

小势可为积江河，

大命由天随自然。

韶华一去不复返，

往事如烟夜难眠。

2020 年 10 月

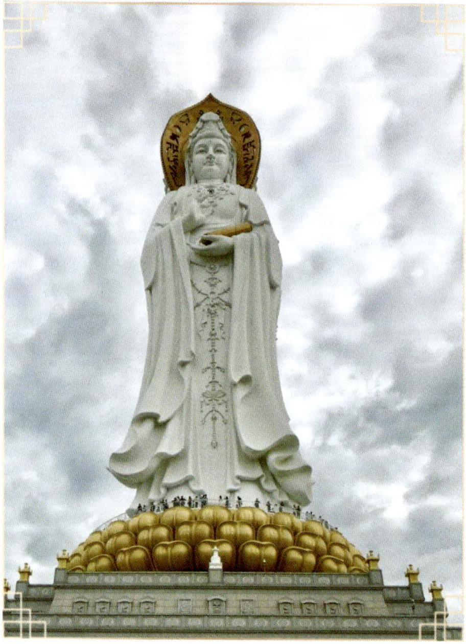

南海观音

极乐世界南海滨，

万顷碧波拥天尊。

博大胸怀容天下，

无量慈悲度众生。

不求来世修正果，

一杯薄酒慰平生。

凡尘无须烧高香，

只有风声伴雨声。

2019 年 1 月

春光

微风拂面迎朝辉，
阵阵花香送春回。
湖面野鸭翩翩舞，
桥边柳枝轻轻垂。
繁花大朵拥锦绣，
碧玉小家透翠微。
寒冬三载冰消融，
从此春光不再违。

2023 年 4 月

微信群

万千信息众口云，
各路英雄任驰骋。
良莠不齐倾盆雨，
真假是非难分明。
不信网红称权威，
不闻八卦聊四邻。
人生自有精彩处，
何须整日困微屏。

2022 年 6 月

太极

舒展双臂气均匀，

仙风鹤骨飘然行。

柔中自有刚强在，

重如泰山轻如云。

2019 年 5 月

盼雨

残花败叶挂枯枝，

裂土生烟草木稀。

何时盼得清凉雨，

红花盈盈柳依依。

2022 年 7 月

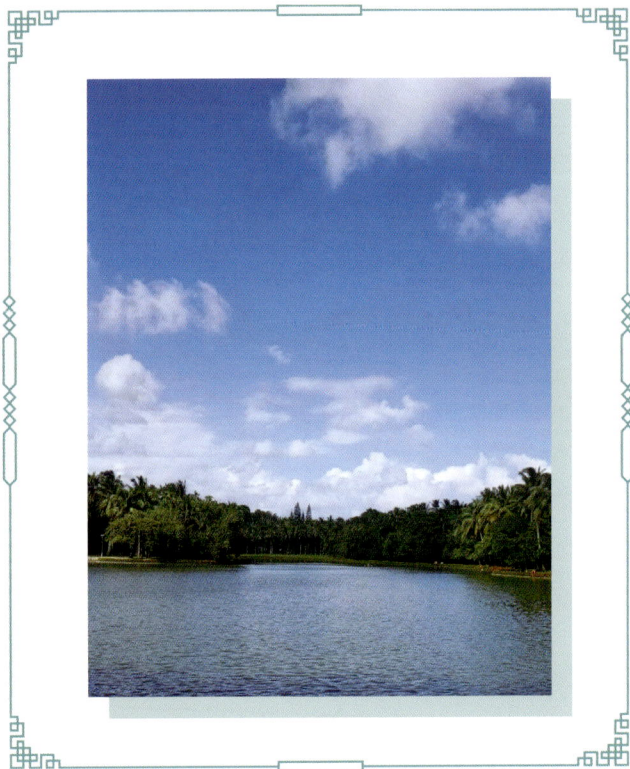

体检

人潮涌动满医院，
误将体检作保健。
一纸空格细细写，
无病也有三分劝。

2019 年 6 月

三角梅

无须日夜细精心，
无意群芳苦争春。
簇花如云红漫漫，
芒刺防贼铁铮铮。

2022 年 6 月

狗

一肥一喘一摇尾，

仗势门坊恶如匪。

寻来三尺打狗棒，

还君一夜静如水。

2021 年 9 月

猫咪

夜深人静闻鼠声，
尖嘴贼眼阴沟行。
唤来妩媚小猫咪，
一扫污秽天下宁。

2021 年 9 月

都江堰

岷山雪水成大江，
沃野千里稻花香。
开天二王鬼斧功，
劈下天府万年仓。

2022 年 10 月

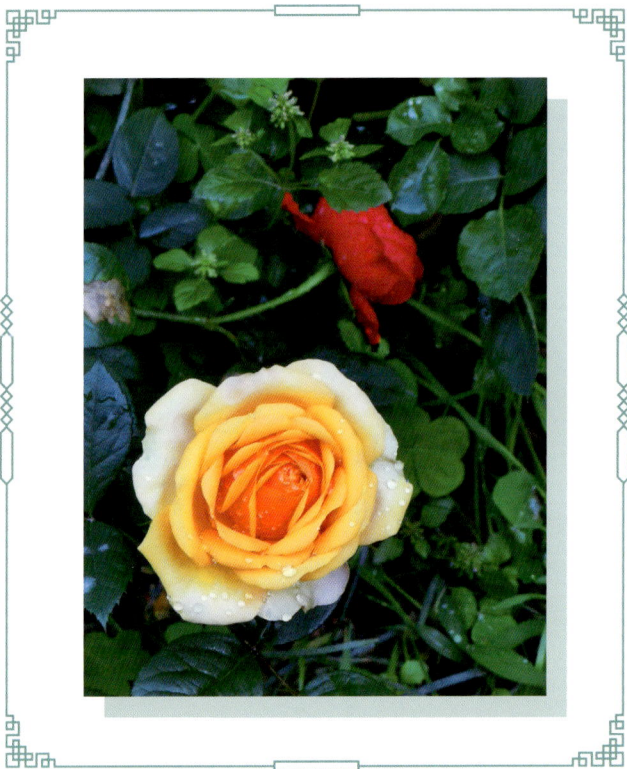

健身

不晒微博攀沉浮，

四方庭院任自由。

几番健身汗如雨，

一阵凉风解千愁。

2022 年 9 月

银杏

庭院深深锁清秋，
祥和新梦逐旧愁。
落叶无声飘然下，
不问眉头与心头。

2021 年 11 月

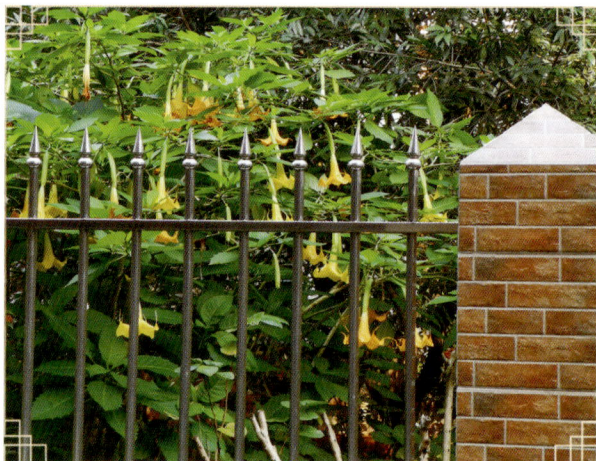

回爷爷家

新鞋新帽新衣裳，

曼陀花开红墙旁。

爸爸妈妈手牵手，

后面跟着小儿郎。

2023 年 11 月

和尹明善先生（二首）

（一）

逢人且点头，

万事皆可休。

恩怨随风去，

红颜永长留。

（二）

八十不言愁，

心宽伴长寿。

青山天地存，

江河日夜流。

2023 年 10 月

感春

雨后天初晴，
东方现彩云。
一宿林中鸟，
呼朋齐欢迎。
前院施春肥，
后坡树成林。
年老不寂寞，
花草亦多情。

2021 年 3 月

两江游

入夜凉初透，

月明两江游。

灯火迎嘉宾，

天幕垂城头。

飞天来福士，

佛龛洪崖楼。

长江携嘉陵，

日夜向东流。

2021 年 7 月

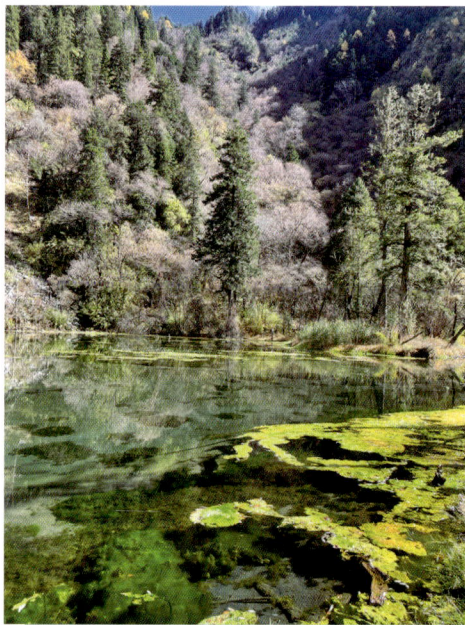

闲赋

清茶伴闲书，
临湖筑小屋。
怀旧添新梦，
怡情恋花木。
心随清风去，
人不在江湖。
朝看旭日升，
暮闻风吹竹。

2021 年 6 月

儿时

父辈济宽仁，
伙伴皆子弟。
城墙放飞镖，
院坝做游戏。
楼上阅小书，
楼下操兵器。
世事再变迁，
发小无猜忌。

2022 年 5 月

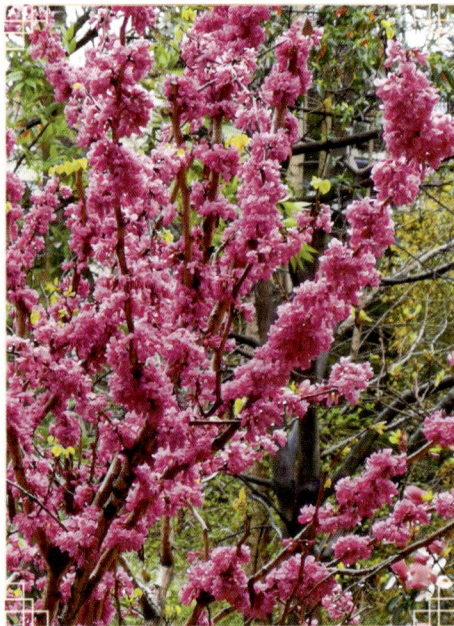

梦

一粒安定药，

催人入蒙眬。

场景仍依旧，

故事新内容。

医院再行医，

佳人还未逢。

好梦留人睡，

窗外春意浓。

2021 年 4 月

春雨

推窗迎晨风，
昨夜雨潜入。
新芽挂水晶，
嫩草浸芳途。
南雀两相对，
黄花一簇簇。
严冬再漫长，
终不敌春绿。

2022 年 3 月

人生

不问何年生，
精彩走一程。
阅尽万卷书，
踏破千里行。
小人得小志，
大贤集大成。
仰天发长啸，
万物归永恒。

2021 年 12 月

重阳

花间一杯茶，

悠悠望南山。

和风送清香，

金秋艳阳天。

风云平地起，

荣衰弹指间。

何须叹岁月，

心静自然安。

2019 年重阳节

同学会

阔别四十载，

再聚鬓已苍。

厚重八仙桌，

薄酒敬同窗。

重医熬日月，

嘉陵赏春光。

言别多珍重，

天涯各一方。

2023 年 10 月

无题

胸中有情怀，
手旁放诗书。
静心看世界，
宠辱皆为空。
偶尔遭薄凉，
总会迎春风。
天生我一世，
分分秒秒中。

2023 年 5 月

冬雪

南国飘雪花，

竹林看飞絮。

大路人熙熙，

小桥雨细细。

三年困疫情，

八方缺生气。

待到春三月，

风清花满地。

2022 年 12 月

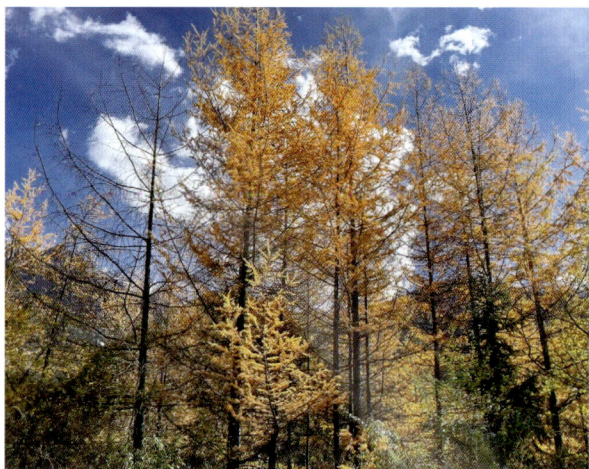

同龄人

本是同龄人，

白发不相欺。

轻步移太极，

无病忙寻医。

举杯邀明月，

低头看手机。

春秋十年后，

归雁各东西。

2023 年 10 月

凡野山居

结伴游仙山，
山在缥缈间。
盘旋林间路，
穿雾上云端。
壁炉燃松枝，
书斋话大千。
有朋醉小酒，
何处无神仙。

2022 年 10 月

老照片

黑白老照片，

依稀辨真容。

父母还年轻，

幼子刚启蒙。

毕业留旧影，

同桌再未逢。

儿孙聚一堂，

日月换新容。

2023 年 10 月

定风波

　　不闻都市喧嚣声，天涯净土随意行。无垠碧海映蓝天，红遍，似火木棉英雄林。

　　尘世烦忧催人老，全抛，南海边陲喜相迎。梦随海风飘然去，无声，人在画中新月明。

2019 年 2 月

踏莎行

　　竹林深处，四方庭院，姹紫嫣红竞娇艳。晨鸟婉啼夜萤飞，幽幽清风拂人面。

　　只添新欢，不计旧怨，河东河西随缘转。一场春梦酒醒时，暖暖阳光深深院。

2021 年 5 月

临江仙（其一）

一桥飞起大江边，横跨南北彩虹。车如
流水马如龙。蜀道不再难，江山出英雄。

山城步道去何处？悬崖石栈相逢。兴来
登高秋色浓。落日尽余晖，远山又几重。

2021 年 10 月

临江仙（其二）

　　已是退休少去处，病来更是谢门。雨打芭蕉花凋零。电视无意思，麻将没心情。

　　看大江滚滚东行，不求天佑神灵。格局大小自修行。耐得住寂寞，提得起精神。

2022 年 11 月

木兰花

　　小居难挡风光诱，遍山新绿春雨后。随意漫步小桥边，信手拈花满衣袖。

　　斑斑阳光叶间透，景色一新人依旧。才去玉兰飘飞雪，又作杨柳东风秀。

2023 年 3 月

青玉案

后生可畏超前辈，新人出，旧人退。大地春回添新岁。世界精彩，人生短促，奈百般滋味。

月季花开芳草翠，推杯举盏老友会。敢问玉食儿多味？酒非应酬，人无算计，任由心儿醉。

2021 年 5 月

一剪梅

临江城头飘槐香，百年宽仁，历尽沧桑。
中外医圣驱病魔，仁心仁术，博爱无疆。

清贫少年西北乡。求学华西，护佑一方。
殚精竭力济苍生，高山仰止，后世流芳。

注：作者的父亲彭运煊医学博士曾任重庆宽仁医院院长

2021 年 4 月

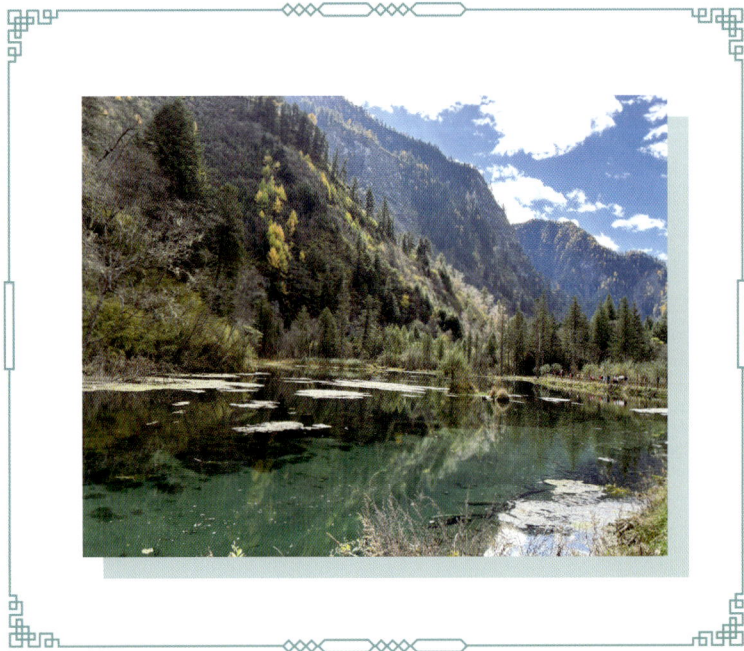

西江月（其一）

一生不甘寂寞，只怕终了心凉。
风雨添得两鬓霜，曾经冠压群芳。

最难与时俱进，自认年轻何妨？
悲情闲语全抛光，谁说百岁无望？

2022 年 6 月

西江月（其二）

墙头藤蔓换新，树间黄雀深鸣。

花红惹来蜂蝶舞，雨水渐近清明。

人生短如春梦，富贵薄似浮云。

把酒一醉消闲愁，冷月斜挂兰庭。

2023 年 4 月

风入松

　　流萤闪闪任轻盈，夜沉花香凝。
浩瀚星空万籁静，荷塘处，声声蛙鸣。
展卷纵览古今，陋室一灯独明。

　　千古风流江山情，成败论输赢。
以史为镜知兴衰，以人为镜端言行。
朋友逢场易交，知音一生难寻。

2022 年 7 月

秋 风 集

渔家傲

一波疫情还未去，今年春节无新意。几片青笋浮汤起，朔风吹，门轻客稀家门闭。

纷纷落叶黄满地，浊酒一杯驱寒气。大疫三年终见底，不信邪，管它变异不变异。

2023 年 1 月

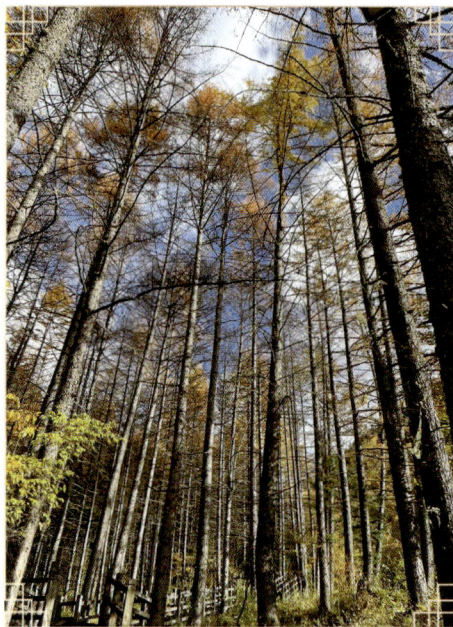

唐多令

　　明月照高楼，流光溢金秋。风不动，竹林路幽幽。难得心静无烦事，节奏慢，人退休。

　　往事梦中丢，人老岁月流。江河水，顺其自由。虫儿藏在草深处，不知愁，只鸣秋。

2021 年 10 月

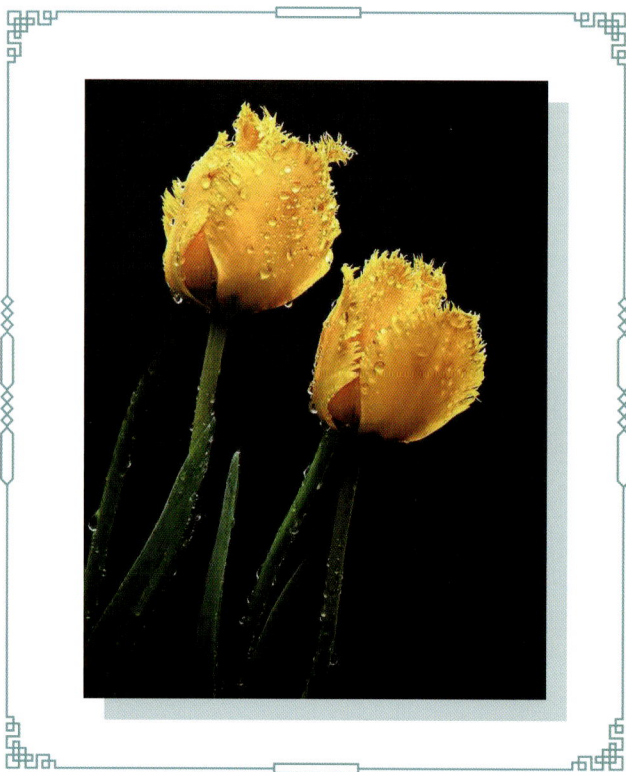

行香子

　　树自刚直，花附藤荣。浩渺渺，物竞天成。大千人生，精彩纷呈。看雾中花，水中月，梦中人。

　　人到暮年，不弃童心。路漫漫，四季如春。纵然风起，静锁闲庭。对一杯茶，一本书，一点情。

2022 年 3 月

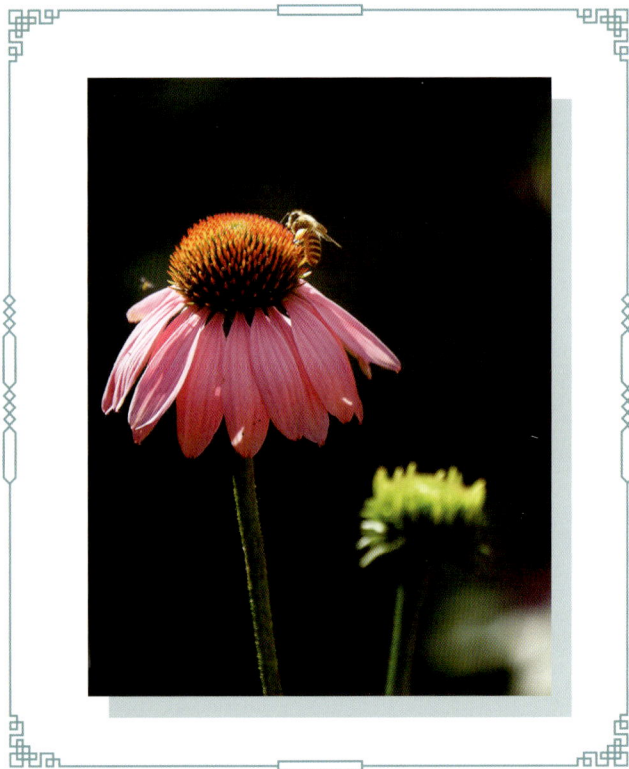

菩萨蛮（其一）

南国春早寻芳处，二月花蕾点点露。寒气再嚣张，春意挡不住。

青苗已破土，嫩芽站满树。万物蓄势发，只待东风度。

2022 年 2 月

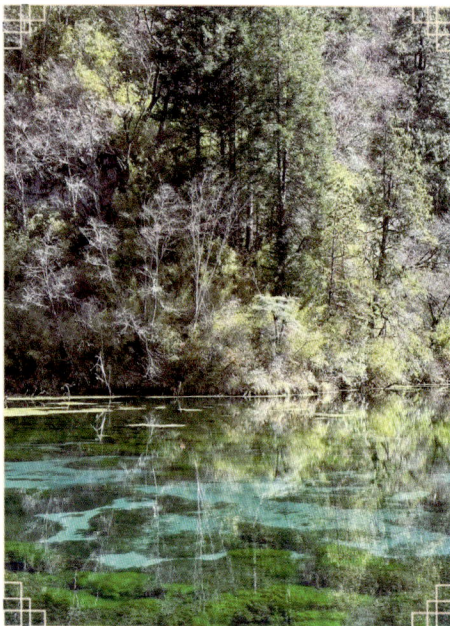

菩萨蛮（其二）

曲径通幽林木深，闲退江湖十年春。
晚风送清爽，月明闻秋声。

前不怨命运，后不惧来生。悠然随
天命，平和胜千金。

2020 年 10 月

醉花间·中国男足

爱看球，想看球，看球还是愁。

上阵助声威，结束总低头。

中超旌旗动，花枝摆绣球。

泱泱大中华，岂能无足球？

2022 年春节

醉花间·白发

懒梳头，怕梳头，梳头平添愁。晓镜催人老，青春再难求。

幼童戏花间，微笑忘忧愁。浩然精气在，白发也风流。

2023 年 10 月

鹧鸪天·西双版纳

闭门三年难相见，口罩遮住半边面。
八月版纳红似火，亲人朋友再呼唤。

林森森，水漫漫，王莲托起小伙伴。
曼町公园人如潮，星光夜市灯一片。

2023 年 8 月

鹧鸪天

曾经年少志高扬，难免书生与轻狂。纵使白发染双鬓，经风历雨是儿郎。

诗千首，酒万觞，行云流水好文章。春风吹得游人醉，极目青山送夕阳。

2022 年 4 月

鹧鸪天·秋

暑气一扫天气凉，秋风秋雨秋衣裳。冬夏四季天地转，人世轮回很正常。

天朗朗，路长长，桂花开在小溪旁。可怜金龟供高香，怎比自在滚泥塘。

2023 年 9 月

清平乐

　　少年花季，校园正得意。三十未立虚度日，方知人生不易。

　　夜深独上小楼，月明远看如钩。韶华悄然离去，江水滔滔东流。

2021 年 10 月

蝶恋花

  酷暑连日四十度，蝉声嘶哑，家家人空户。冰肌玉骨清凉住，休管电费无人付。

  春风十里桃花路，壮美河山，处处逍遥渡。忘情山水浑如醉，神仙也是人来做。

2022 年 8 月

钗头凤

　　未老朽，先白首，小区闲数湖边柳。
今非昨，门冷落，油盐柴米，难度月末。
磨，磨，磨！

　　微信秀，空怀旧，人与黄花谁更瘦。
不甘落，谁相托，人无千年，安能苟活。
搏，搏，搏！

2021 年 5 月

满江红

　　少年羞涩，临江路，宽仁情结。国门开，风起云涌，多少豪杰。非洲沙漠仰星空，川外重医熬日月。再回首，金融二十年，呕心血。

　　昔日事，已成雪。心未老，人未歇。情系大中华，不做看客。唐诗宋词垂千古，小令小雅添新色。看三峡，枫叶红似火，秋萧瑟。

2023 年 10 月

水调歌头

一件蓝布衫，两袖透凉风。无轨电车轻过，书摊小人童。红糖分配一斤，煤油购得两桶，家家都相同。老鹰捉小鸡，无人嫌家穷。

车换新，房换大，人换容。万般皆为下品，有钱是英雄。更看家长攀比，倾囊耗尽千金，望子早成龙。到来病缠身，望月空朦胧。

2023 年 10 月

后记

在格律诗领域，《秋风集》进行了大胆创新和尝试。

当下，我国主流媒体都在大力宣扬中华文化，国学地位如日中天。中央电视台专门开设了"中国诗词大会"专栏节目，小学生一年级就开始背诵古诗词。但是，目前有关中国古典诗词的宣传绝大多数还停留在赏析、背诵、引用、介绍阶段。一些已发表的古诗词作品，大多是应景之作，可以看出，大部分人对古典诗词还处于初学、模仿阶段。

《秋风集》的61首诗词，反映的是我们当代的社会生活。其中诗词不是模仿古人的"幽思"，而是表露了一名退休人员对往事的怀旧、对社会的认识、对生活的期望、对人生的感悟，这些在《秋风集》中都有充分的表达和倾诉。正如陈犀禾教授所言："古典诗词在这里展现出了新的时代魅力。"

用古诗词的艺术形式去反映现代的社会生活，是我在古典诗词写作方面的大胆创新和尝试。我想，我的创新和尝试应该取得了初步的成效。

坦率地说，现在的人很少看纸质书。书店里摆了一些书，大多数人感兴趣的可能是妈妈如何喂娃儿、老年人如何养生等生活科普书。在这个匆匆忙忙的时代，出版社发行诸如长篇小说这样的"厚书"，可能没有多大的市场了。读《约翰·克利斯朵夫》的时代过去了，《明朝那些事儿》这样优秀的作品也已经是很久远的事了。浩如烟海的短视频已经成为大多数人获取信息和知识的源泉。

2022年，全国60岁以上的老年人已有2.6亿，老龄化已经成为一个新的时代特征。对一个退休老人来说，养生、医疗、儿女、生死都是要面对的问题。《秋风集》对年轻人是否有吸引力，我无从知晓，但它表现的题材、抒发的情感，应能让一大批有一定文化素养，喜爱古典诗词，已经离开工作岗位、开始休闲生活的退休人员产生共鸣。因为他们有着共同的语言，共同的感受，共同的审美，他们是《秋风集》特定的读者群。问题不在他们喜不喜欢《秋风集》这本书，而是他们任何能接触到这本书，得到这本书。

《秋风集》是一本买回家看了不后悔的书。

彭子商　于重庆